Rita Falk

# Winterkartoffelknödel

Roman in Einfacher Sprache

*Schwierige Wörter oder Ausdrücke sind unterstrichen. Die Erklärungen stehen in der Wörter-Liste am Ende des Buches.*

# Inhalt

# Personen

**Franz Eberhofer**
ein junger Dorf-Polizist

**Papa Eberhofer**
hört am liebsten die Beatles

**Oma Eberhofer**
eine gute Köchin und leidenschaftliche Einkäuferin

**Ludwig**
ein großer, lieber Hund, gehört dem Franz

**Leopold Eberhofer**
der ältere Bruder vom Franz, wohnt in der Stadt

**Roxana**
die rumänische Ehefrau vom Leopold

**der Simmerl**
Metzger im Dorf, trinkt gern mit dem Franz ein Bier

**der Flötzinger**
Handwerker, auch ein Kneipen-Freund vom Franz

**Mary**
die Frau vom Flötzinger

**der Wolfi**
Kneipen-Wirt, bei dem man Neuigkeiten erfährt

**Susi**
eine Angestellte im Gemeinde-Büro,
manchmal auch die Freundin vom Franz Eberhofer

**Frau Mercedes / „Ferrari“**
eine attraktive Frau, die neu im Dorf ist

**„Mütze“**
die winzige Hunde-Dame von der Ferrari

**Hans Neuhofer**
der letzte von den Neuhofers, der noch lebt

**Rudi Birkenberger**
ehemalige Kollege vom Franz in München,
jetzt Privat-Detektiv

**Klaus Mendel**
ein Architekt und Bekannter von der Ferrari

**Dr. Spechtl**
ein Polizei-Arzt

**Richter Moratschek**
ein Richter, der den Franz nicht ernst nimmt

# Der Anfang

Es ist Winter im Dorf.
Ein Mann stapft mit seinem Hund
durch den Schnee.
Der Mann: das bin ich – Franz Eberhofer,
der Dorf-Polizist.
Der Hund: das ist der Ludwig.

Wir leben auf einem alten Bauernhof.
Der Papa und die Oma wohnen im Haus.
Die Oma ist fast taub und das ist gut so.
Weil der Papa die Musik der Beatles liebt.
Und sie gerne sehr laut hört.
Deshalb wohnen der Ludwig und ich
im alten Schweine-Stall.
Also, da sind natürlich keine Schweine mehr drin.
Ich bau da gerade um.
Dann habe ich da eine schöne Wohnung.
Es ist noch nicht alles fertig.
Zum Beispiel fehlt die Heizung.
Deshalb ist es jetzt im Winter oft sehr kalt.

Zum Essen gehen der Ludwig und ich ins Haus.
Die Oma kocht jeden Tag gute Speisen für den Papa
und für mich.
Mit viel Fleisch und Soße.
Danach braucht der Papa oft einen Schnaps.

Weil der nämlich das Essen wie verrückt in sich reinschaufelt.

Vor drei Jahren hab ich noch in München gearbeitet.
Als Großstadt-Polizist.
Mit meinem Partner Rudi Birkenberger.
15 Jahre lang waren wir ein Super-Team.
Aber dann ist diese Sache passiert.
Also das war so:
Der Rudi und ich mussten öfter so einen Pädophilen ins Gericht fahren.
Der hat dann immer so doof über uns gelacht im Polizei-Wagen.
Und eines Tages hat er dann so gestöhnt, als wir an Kindern vorbeigefahren sind.
Da ist der Rudi durchgedreht.
Er hat den Polizei-Wagen in einen Wald gefahren.
Und dann hat der Rudi dem Typen untenrum was weggeschossen.
Mit seiner Dienst-Waffe.

Natürlich ist der Rudi aus dem Dienst entlassen worden.
Und ins Gefängnis musste er, wegen Körper-Verletzung.
Aber nach zwei Jahren war er wieder draußen.
Weil er sich so gut im Gefängnis benommen hat.
Das nennt man „gute Führung".

Und ich?
Ich musste dauernd mit dem Dr. Spechtl reden.
Das ist so ein Polizei-Arzt für die Nerven.
Ein Psychologe.
Immer wieder hat der gefragt:
„Warum haben Sie den Rudi Birkenberger
nicht aufgehalten?"
Und ich hab immer gesagt:
„Wenn der Rudi das nicht gemacht hätte,
dann hätte ich selber auf den Drecks-Kerl
geschossen."

Und dann wollte der Dr. Spechtl wissen,
wie ich mich so fühle.
Und warum ich meine Waffe nicht mehr
in den Dienst mitnehme.
Also hab ich die Waffe wieder mitgenommen.
Und da hat der Dr. Spechtl dann gefragt,
warum ich so oft Leute mit der Waffe bedrohe.
Ein ewiges Hin und Her.

Na ja, mein Chef hat sich dann auch
viele Gedanken über mich gemacht.
Zum Schluss meinte er:
„Ich glaube es ist besser, wenn du auf dem Land
als Polizist arbeitest.
Das ist nicht so aufregend wie in der Stadt.
Und besser für deine Nerven."

Deshalb bin ich jetzt wieder zurück
in meinem Heimat-Dorf.
Und hier bin ich der einzige Polizist.
Weil hier nicht so viele schlimme Sachen passieren.
Das denken jedenfalls die in München.
Aber da haben sie sich gewaltig getäuscht.

# Eine Begegnung

Der Ludwig und ich stapfen also durch den Schnee.
Da legt mir der Ludwig eine Pelz-Mütze
vor die Füße.
Mit Glitzer-Steinchen und rosa Bändern dran.
Ein komisches Ding.

Wie ich noch schau, kommt eine Frau angerannt.
Das ist wohl die Besitzerin von der Mütze.
Die wird sich aber freuen, dass wir das Ding
gefunden haben.
Aber nein, sie brüllt mich an:
„Wissen Sie denn nicht, wie teuer so ein Hund ist?
Und wie empfindlich?
Passen Sie besser auf Ihr Hunde-Monster auf!"
Ach so, die Mütze ist ein Hund!
Der hat sich bis jetzt gar nicht bewegt.

Die Frau hebt den glitzernden Mützen-Hund auf
und schimpft noch beim Weggehen.
Das ist bestimmt so eine Touristin aus der Stadt,
die einen Land-Ausflug macht.

Aber später liegt die Mütze dann vor der Metzgerei.
Dann ist diese Frau wohl doch länger bei uns
im Dorf.
Der Ludwig legt sich neben die Mütze.

Ich gehe zum Metzger rein.
Und da steht wieder diese Frau.

Sie fragt den Metzger Simmerl mit zickiger Stimme:
„Ist das auch alles frisch?"
Der Simmerl hält ihr ein Stück Fleisch hin
zum Angucken.
Jetzt schüttelt die Frau den Kopf und kauft doch
nur ein paar Wiener Würstchen.
Draußen meckert sie den Ludwig an.
Der soll nicht so nahe an ihrer Mütze liegen.
Dann geht sie endlich.

Ich frage den Simmerl:
„Kennst du die Frau? Wer ist denn das?"
Der Simmerl sagt:
„Na du bist ja toll.
Du bist der Dorf-Polizist und weißt nie irgendwas.
Die wohnt doch jetzt in dem Haus im Wald."

Ich kenne das Haus.
Es steht sehr einsam im Wald.
Mit einer hohen Mauer außen herum.
Die Besitzer sind schon lange fortgezogen.
Früher als Kinder haben wir da immer Angst gehabt.
Weil das Haus so gruselig aussieht.
Und jetzt wohnt also diese Frau mit ihrem
Mützen-Hund da. Na ja!

Ich kaufe beim Simmerl die Würste
für unser Abendessen.
Die Oma macht dazu einen leckeren
Kartoffel-Stampf und Kraut.
Wir mögen alle ein gutes Essen,
das den Bauch voll macht.
Danach trinkt der Papa einen Schnaps.
Und ich gehe mit dem Ludwig spazieren.

Manchmal gehe ich aber auch zum Wolfi.
Das ist unser Kneipen-Wirt im Dorf.
Da treffe ich auch meistens die anderen Männer.
Den Flötzinger, das ist ein Handwerker im Dorf.
Der baut Bäder ein und Heizungen
und solche Sachen.
Und den Metzger Simmerl treffe ich da auch.
Und dann trinken wir unser Bier und auch mal
einen Schnaps.
Und reden über die Leute im Dorf.
Oder was sonst so passiert.
So macht man das eben auf dem Land am Abend.

# Weihnachten

Heiligabend: alles wie immer.
Würstchen mit Kartoffelsalat.
Weihnachts-Lieder von der Schallplatte.
Und später mit der Oma in die Kirche.
Zur Mitternachts-Messe.
Da schlafen wir beide immer ein
und der Pfarrer muss uns wecken.

Am ersten Feiertag kommt der Leopold.
Das ist mein Bruder.
Der ist älter als ich und ein Schleimer.
Der tut immer so nett mit dem Papa:
„Na, wollen wir nach dem Essen die Beatles hören?"
Nur um mich zu ärgern.
Und der Papa denkt, der Leopold ist ein guter Sohn.

Der Leopold hat seine neue Frau mitgebracht.
Die heißt Roxana und kommt aus Rumänien.
Sie redet nicht viel und guckt Zeitschriften an.
Nach dem Essen sage ich zum Leopold:
„Kann die Roxana nicht der Oma
beim Abwaschen helfen?"
Der Leopold meint:
„Das muss sie nicht machen, wenn sie nicht will."
Und die Roxana will nicht.
Also helfe ich der Oma.

Der Leopold hat Geschenke für den Papa
und die Oma mitgebracht.
Für mich natürlich nicht.
Der Leopold ist schon immer blöd zu mir gewesen.
Wir mögen uns beide nicht.

Jetzt sitzt er mit der Roxana auf dem Sofa
und fummelt an ihrem Busen rum.
Dabei erzählt er Geschichten von seinem
Buch-Laden.
Wie toll das Geschäft läuft.
Und was für wichtige Leute er da trifft.
So ein Angeber!
Der Papa ist ganz stolz auf ihn.
So ein toller Sohn!
Dann fragt der Leopold mich:
„Und was tust du so?
Hier ist ja nicht viel los im Dorf, oder?"
Dazu lacht er auch noch blöd.
In dem Moment klingelt mein Dienst-Telefon.

## Spuren

Die Frau mit dem Mützen-Hund ruft an.
Jemand schleicht um ihr Haus.
Die Polizei soll kommen und nachschauen.
Und die Polizei bin ja ich.
Jetzt guckt der Leopold aber blöd.

Ich sage mit wichtiger Stimme zu der Frau:
„Haben Sie keine Angst. Ich bin sofort bei Ihnen."
Und zum Leopold sage ich:
„Da siehst du mal, was ich zu tun habe.
Sogar an Weihnachten bin ich im Dienst."

Dann fahre ich mit Ludwig zu dem Grusel-Haus.
Die Frau steht im Nachthemd an der Gartentür.
Sie hat die Mütze auf dem Arm.
Die Mütze ist übrigens eine Hunde-Dame
und heißt Klärchen.
Jetzt weiß ich auch, warum die immer so gerne
beim Ludwig liegt.
Weil der so ein großer starker Hund ist.
Das ist genauso wie bei den Menschen.

Ich knipse meine Taschenlampe an
und suche im Schnee herum.
Da sehe ich Fuß-Spuren.
Sehr große Fuß-Spuren.

Solche großen Füße hat nur ein Mann im Dorf –
der Flötzinger!

Ich rede noch ein bisschen mit der Frau.
Dabei erfahre ich, dass sie mit Vornamen
„Mercedes" heißt.
Wie die Automarke.
Sie ist die Tochter von den Haus-Besitzern.
Und soll das Haus herrichten lassen.

Dann fahre ich zum Flötzinger.
Als er die Tür aufmacht, halte ich ihm
meine Dienst-Waffe vor die Nase:
„Hände hoch und an die Wand!"
Das macht er auch, und da muss ich lachen.
Aber nicht lange.

Irgendwas ist komisch beim Flötzinger
in der Wohnung.
Da steht ein riesiger Weihnachts-Baum
im Wohnzimmer.
Mit vielen Geschenken darunter.
Nichts Ungewöhnliches.
Trotzdem habe ich ein komisches Gefühl.

Wir setzen uns an einen Tisch für das Verhör.
Ich frage den Flötzinger:
„Wo waren Sie heute abend?"

Bei so einem Verhör darf ich ja nicht „du" sagen.
Das ist nicht so wie in der Kneipe.
Der Flötzinger denkt, ich bin verrückt geworden.
Er schüttelt erst den Kopf.
Dann antwortet er doch:
„Ich habe Mary und die Kinder
zum Flughafen gebracht.
Die fliegen doch nach England
zu den Schwieger-Eltern."

Ich überlege gerade, was ich ihn noch fragen kann.
Da passiert es:
Ich habe einen Nies-Anfall. Und noch einen.
Meine Augen schwellen zu.
Durch meine Augen-Schlitze sehe ich plötzlich
eine Katze mit viel Fell.
Ich frage den Flötzinger:
„Seit wann habt ihr eine Katze?"
„Die Kinder haben zu Weihnachten jeder
eine Katze bekommen."

Und ich habe eine Katzen-Allergie. Na toll!
Meine Augen sind jetzt ganz zu.
Ich sehe nichts mehr.
Der Flötzinger muss mich nach Hause fahren.
Die Oma kennt eine Medizin gegen
geschwollene Augen.
Das hilft. Am nächsten Tag kann ich wieder sehen.

Nach den Weihnachts-Tagen muss ich
noch einmal mit dem Flötzinger reden.
Wegen der Fuß-Spuren.
Ich weiß doch, dass er das war.
Zu Hause ist er aber nicht.
Ich finde ihn bei der Frau Mercedes.
Da soll er die Heizung in Ordnung bringen.
Als die beiden alles besprochen haben,
rede ich draußen noch mal mit dem Flötzinger.

Er gibt dann zu, dass er tatsächlich
um das Grusel-Haus geschlichen ist.
Er wollte sich heimlich die Mercedes angucken.
Er hatte gehofft, dass er sie nackt sieht.

Na ja, der Flötzinger.
Seine eigene Frau hat keine Lust mehr auf Sex.
Und jetzt guckt er sich andere Frauen an!

Ich sage ganz streng zu ihm:
„Du weißt, dass das verboten ist.
Bei fremden Frauen ins Fenster reinglotzen.
Dafür kannst du ins Gefängnis kommen.“

Der Flötzinger ist richtig erschrocken.
Dann reden wir noch eine Weile.
Am Ende machen wir es dann so:
Ich sage nichts wegen dem Rumschleichen.

Und der Flötzinger wird erst
meine Heizung einbauen.
Und erst danach die Heizung
im Grusel-Haus richten.
Na also, geht doch!

Den Rest des Tages bin ich mit der Oma unterwegs.
Die kauft gerne ein, wenn es billige Angebote gibt.
Jedes Jahr nach Weihnachten fahren wir
in die Stadt.
Dieses Mal braucht die Oma eine neue Winterjacke.
Aber die Oma ist so eine kleine Frau.
Da passt nichts in der Damen-Abteilung.
Wir finden dann doch was in der Kinder-Abteilung.
Eine schöne warme Jacke.
Das da ein frecher Spruch drauf steht,
merkt die Oma nicht.
Der Spruch ist nämlich auf Englisch.
Und Englisch kann die Oma nicht.
Dann geht es ins Café für Kaffee und Kuchen.
Eben alles wie jedes Jahr.

# Das Unglück

Am nächsten Tag habe ich dann
einen Polizei-Einsatz.
So nennt man das, wenn etwas Schlimmes passiert
und die Polizei gerufen wird.
Ich muss zur Familie Neuhofer.
Da ist nämlich ein Unglück geschehen.
Und zwar war das so:
Am Haus der Neuhofers wird gebaut.
Weil da zwei Brüder im Haus wohnen wollen.
Und nicht genug Platz für beide ist.
Also muss ein zweites Stockwerk oben drauf.

Ein Kran sollte den Container mit Bau-Schutt
auf einen Laster laden.
Plötzlich ist eine Kette gerissen und – platsch!
Der ältere Bruder Neuhofer stand genau
unter dem Container.
Jetzt ist er platt gedrückt.
Wie ein Pfannkuchen.

Ich muss zum Glück nur die Straße absperren.
Alles andere macht die Feuerwehr.
Zum Beispiel den platt gedrückten Neuhofer
vom Boden kratzen.
Pfui Teufel!
Ich bin froh, dass ich so was nicht machen muss.

Aber komisch ist das mit den Neuhofers schon.
Was denen alles so passiert ...

Erst ist ja der Vater Neuhofer gestorben.
Der war Elektro-Meister.
Beim Anschließen vom neuen Elektro-Herd für seine Frau hat er einen Stromschlag bekommen.
So was darf einem Meister eigentlich nicht passieren.
Warum hat er denn die Sicherung vorher nicht rausgedreht?

Und dann die Mutter Neuhofer.
Die hatte nach dem Tod von ihrem Mann immer so kranke Nerven.
Sie hatte immer Angst.
Und musste viele Tabletten nehmen.
Und dann geht sie eines Tages in den Wald
und hängt sich auf.
Auch nicht schön.

Und jetzt der ältere Bruder Neuhofer.
Noch so ein seltsamer Unfall.
Ist das alles Zufall?
So viel Unglück in einer Familie?
Ich bin gespannt, wie es mit
dem Hans Neuhofer weitergeht.
Der ist ja jetzt der einzige Neuhofer, der noch lebt.

Ein paar Tage später fahre ich dann
an dem Neuhofer-Haus vorbei.
Da steht jetzt ein ganz neues Schild:
„Hier eröffnet bald eine Tankstelle."
Das ist natürlich ein guter Platz für eine Tankstelle.
Direkt an der Haupt-Straße.
Zum Wohnen war das Haus eigentlich zu laut.
Wegen der vielen Autos, die den ganzen Tag
da vorbeifahren.

Trotzdem wundere ich mich schon wieder.
Vor ein paar Tagen erst ist der Bruder vom
Hans Neuhofer gestorben.
Und jetzt verkauft der schon das Haus?
Das war ja eine schnelle Entscheidung vom Hans!

Und wieder nur ein paar Tage später
passiert dann der Auto-Unfall.
Der Hans ist mit seinem neuen Audi A8
in ein anderes Auto gekracht.
Es ist alles nur Blech-Schaden.
Also nichts Schlimmes.
Aber der Hans benimmt sich ganz komisch.

Wie ich zum Unfall komme, frage ich ihn dann:
„Was ist denn los mit dir?
Warum bist du so nervös?"
Der Hans meint, er ist nur genervt

wegen dem neuen Auto.
Ganz neu und jetzt schon kaputt.
Dann sagt er auch noch: „Ich zahle alles.
Hauptsache, ich kann jetzt weiter."

Also ich wundere mich immer mehr.
Dass der Hans den ganzen Schaden bezahlen will.
Und sich selbst die Schuld am Unfall gibt.
Weil die andere Fahrerin auch gesagt hat,
es wäre ihre Schuld.
Da stimmt doch was nicht!

Ich habe ein komisches Gefühl im Bauch.
Wenn irgendetwas nicht stimmt im Leben,
dann zwickt es mich schon mal im Bauch.

Ich fahre in mein Büro.
Dort schaue ich mir die Papiere
von dem Container-Unglück noch mal an.
Da steht drin, dass der Haken von der Kran-Kette
ganz durchgerostet war.
Und mit ein bisschen Farbe angemalt war.
Das ist ja eine seltsame Sache.

Und das neue Auto hat der Hans
schon letztes Jahr bestellt.
Woher hat der das Geld für so ein Auto?
Das kann sich der Hans doch gar nicht leisten.

Hat der Hans etwa seine ganze Familie
umgebracht?
Damit er das Haus verkaufen und viel Geld
damit verdienen kann?

Ich werde immer misstrauischer.
Irgendetwas ist hier überhaupt nicht in Ordnung.
Da muss ich wohl noch viele Fragen stellen.
Und überall rumfahren und Sachen angucken.
Verrostete Haken zum Beispiel.
Das alles nennt man dann „Ermittlungen"
bei der Polizei.
Und hier im Dorf bin ich ja die Polizei.

# Fragen

Ein paar Tage später rede ich mit dem Chef
von der Kran-Firma.
Es geht um den verrosteten Haken.
Ich frage: „Herr Wallner, wer kümmert sich denn
um die Haken für den Kran?
Und wo ist das Lager für die Haken?"
Der Herr Wallner kann dazu nicht viel sagen.
„Die Kran-Führer wechseln die Haken selber aus.
Wenn es halt nötig ist."
Na, das ist ja eine tolle Auskunft.
Er zeigt mir aber, wo das Lager für die Haken ist.
Ich muss die anderen Haken natürlich mitnehmen.
Die müssen alle geprüft werden.

Dann kommt auch der Kran-Führer.
Leider ist der Mann aus Albanien.
Er versteht nicht viel Deutsch.
Also sage ich zum Herrn Wallner:
„Der Kran-Führer soll morgen in mein Büro
kommen. Ich hole einen Dolmetscher."
Der Herr Wallner nickt – ja, ja.
Dann fahre ich nach Hause.

Die Oma will nämlich schon wieder
einkaufen gehen.
Immer in meiner Dienst-Zeit.

Immer wenn es irgendwo billige Angebote gibt.
Dann muss ich mit der Oma da hinfahren.

Heute sind Schuhe dran.
Das Angebot ist:
Man kauft drei Paar und bezahlt nur zwei Paar.
Die Oma streitet mit der Verkäuferin herum.
Das ist auch wie immer.
Zum Schluss haben die Oma, der Papa und ich
die gleichen roten Winter-Stiefel.
Weil sie halt billig waren.

Abends gehe ich zum Wolfi.
Das mache ich eigentlich jeden Abend.
Da sitzen dann auch schon der Flötzinger
und der Simmerl.
Immer die gleichen Gesichter.
Ein neuer Gast ist jetzt die Frau Mercedes.
Als sie das erste Mal da war,
wollte sie Weißwein haben.
So was hat der Wolfi natürlich nicht vorrätig.
Erst hat die Frau Mercedes rumgemeckert.
Dann hat sie mit uns Schnaps getrunken.
Und wir haben ihr einen neuen Namen gegeben –
Ferrari.
Weil sie so eine tolle Figur hat.
Das hat sie aber gefreut.
Und jetzt kommt sie öfter in die Kneipe.

Heute hat sie so einen komischen Mann dabei.
Der heißt Klaus und ist Architekt.
Er soll ihr beim Umbau vom Grusel-Haus helfen.
Den ganzen Abend nervt uns dieser Klaus
mit seinen Angeber-Geschichten.
Der Flötzinger ist total sauer.
Der wollte sich nämlich an die Ferrari ranmachen.
Jetzt muss er sich aber anstrengen, wenn da noch
ein anderer Mann bei der Ferrari rumhängt.

Leider habe ich keine gute Nacht.
Der Ludwig hat gefurzt
und ich musste bei offenem Fenster schlafen.
Morgens wache ich dann mit einem
ordentlichen Husten auf.
So ein Mist!
Heute kommen doch die beiden Albaner
in mein Büro.
Der albanische Kran-Führer und
ein albanischer Dolmetscher.

# Noch mehr Fragen

Zuerst läuft das nicht so gut,
als die beiden Albaner kommen.
Ich frage den Kran-Führer was und brauch dafür
nur ein paar Worte.
Aber dann geht erst mal so ein Gequatsche
zwischen den beiden los.
Ich wusste gar nicht, dass die albanische Sprache
so viele Wörter hat.
Außerdem grinsen die beiden immer so blöd
in meine Richtung.
Irgendwann werde ich grantig.
Der Husten nervt mich auch.
Ich hole meine Dienst-Waffe raus
und drohe den beiden ein bisschen.
Das muss jetzt sein,
damit das dumme Gegrinse aufhört.

Danach läuft das Gespräch besser.
Ich frage und der Kran-Führer antwortet.
„Wer holt die Haken aus dem Lager?"
„Das mach ich selber."
„Wann holen Sie die Haken aus dem Lager?"
„Wenn ich welche brauche."
„Haben Sie auch ein paar Ersatz-Haken
im Kran dabei?"
„Ja, so zwei oder drei."

„Und die kommen auch aus dem Lager?"
„Ja, woher denn sonst?"

Vorsicht, Freundchen! Keine frechen Antworten.
Ich muss wieder ein bisschen mit der Waffe drohen.
Dann geht es weiter.

„Wie oft werden die Haken geprüft?"
„Na, nach jedem Arbeits-Einsatz."
„Und wer prüft die Haken?"
„Na, die Kran-Führer natürlich."
„Wie lange hat der Kran ohne Einsatz
in der Firma gestanden?"

Der Kran-Führer kratzt sich am Kopf.
„So ungefähr drei Tage."
„Wer kann in die Firma rein?"
„Na, jeder, der keine Angst vor Gorbatschow hat."

Gorbatschow? Was soll das denn jetzt?
Was hat ein russischer Politiker
mit der Kran-Firma zu tun?
Hält der Kran-Führer mich für blöd?
Dann erfahre ich, dass der Schäferhund vom
Wallner so heißt.
Der Schäferhund passt auf dem Hof auf.
Ich weiß aber, dass dieser Schäferhund Angst vor
Schuss-Waffen hat.

Das habe ich neulich selber ausprobiert
bei meinem ersten Besuch.
Also kann jeder in die Firma,
der eine Waffe dabei hat.
Dann ist der Schäferhund ruhig und bellt nicht.
Na toll!

Dieses Gespräch mit dem albanischen Kran-Führer
hat mir nicht sehr geholfen.
Ich weiß immer noch nicht, wie der verrostete
Haken an den Kran gekommen ist.
Ich muss noch mit anderen Leuten reden.

Aber erst mal gehe ich jetzt zur Susi.
Die Susi arbeitet im Gemeinde-Büro.
Also weiß sie ganz schön viel
über alle Leute im Dorf.
Ich brauche die neue Adresse vom Hans Neuhofer.
Die Susi tippt den Namen in ihren Computer.
Dann schreibt sie die Adresse für mich
auf einen Zettel.
Die ist halt so lieb, die Susi.
Bevor ich gehe, fragt sie mich:
„Kommst du heute Abend bei mir vorbei?"
Die Susi und ich sind nämlich auch ein Liebes-Paar.
Also manchmal.
Wenn wir nicht streiten.
Was öfter passiert.

Leider geht das heute nicht wegen dem Husten.
Da muss ich mich von der Oma pflegen lassen.
Die weiß am besten, was ein kranker Mann braucht:
eine Wolldecke, eine Wärmflasche,
heiße Milch mit Honig, eine Süß-Speise mit
Vanillesoße und ein warmes Bier zum Einschlafen.
Dann ist der Husten in zwei Tagen weg.
Und alles ist wieder gut.

## Der Hans Neuhofer

Weil ich jetzt die neue Adresse vom Neuhofer habe,
fahre ich da mal hin.
Der Hans hat sich eine kleine Wohnung gemietet.
Viele Möbel hat er da nicht.
Nur eine Matratze zum Schlafen.
Und viele Kartons stehen rum.

Der Hans ist wieder so schrecklich nervös.
Ich frag ihn noch mal wegen seiner Familie.
Ob er die vielleicht umgebracht hat.
Und wann er sich das ausgedacht hat
mit dem Umbringen.

Der Hans denkt, ich bin verrückt.
Er schreit rum: „Das waren alles Unfälle.
Damit hab ich nichts zu tun."
Na ja, dieses Geschrei hilft mir natürlich
nicht weiter.

Ich fahre dann zum Richter Moratschek
nach Landshut.
Ich will eine Durchsuchungs-Erlaubnis
für den Neuhofer.
Damit ich mir das Neuhofer-Haus von innen
angucken kann.
Bevor es abgerissen wird.

Und die Kartons in der neuen Wohnung vom Hans
will ich mir auch anschauen.
Dazu brauch ich aber die Erlaubnis vom Richter.

Der Moratschek liebt seinen Schnupf-Tabak
und ist eigentlich ein gemütlicher Mensch.
Aber jetzt sagt er zu mir:
„Schau mal, Eberhofer. Ich brauch doch einen
Grund für so eine Erlaubnis.
Der Neuhofer hat ein neues Auto.
Das ist ja nicht verboten, oder?
Deswegen kann ich doch keine
Durchsuchungs-Erlaubnis für dich schreiben."

Ich soll wiederkommen, wenn ich Beweise habe.
Dass der Hans Neuhofer seine Familie
umgebracht hat.
Und wie soll ich das rauskriegen ohne amtliche
Hilfe? So ein blöder Mist!

Als ich wieder ins Dorf fahre, kommt mir der Hans
mit seinem neuen Auto entgegen.
Ich wende meinen Dienst-Wagen
und fahre ihm hinterher.
Er sieht mich und gibt Gas.
Und fährt in einen Kreis-Verkehr rein
und immer in der Runde rum.
Ich hinterher, bis mir schwindlig ist.

Dann ist der Hans plötzlich nicht mehr zu sehen.
Ich gebe genervt auf und fahr dann Richtung Dorf.

Als ich am Neuhofer-Haus vorbeifahre,
bin ich noch immer sauer wegen dieser
Verfolgungs-Jagd mit dem Hans.
Ich schlage ein Kellerfenster ein,
damit ich reinkomme.
Das ist natürlich nicht in Ordnung.
Aber ich denk mir so:
Das Haus wird sowieso abgerissen.
Da macht ein kaputtes Fenster auch nichts.
Und eine Erlaubnis krieg ich vom Richter
auch erst mal nicht.
Ich muss aber weiterkommen mit
diesen Ermittlungen.
Also schau ich mich drinnen um.
Es sieht furchtbar aus.
Das totale Chaos. Alles liegt auf dem Boden.
Hier brauch ich nicht mit suchen anzufangen.
In dem Durcheinander finde ich nichts.

Ich fahr also nach Hause und geh
mit dem Ludwig spazieren.
Der Ludwig ist schon ziemlich beleidigt,
weil ich so viel arbeiten muss.
Und dann hinkt er immer, als ob ihm was weh tut.
So ein Heuchler!

Mitten in der Nacht ruft mich
der Hans Neuhofer an.
Bei ihm ist eingebrochen worden.
Ich fahre also noch mal zum Neuhofer-Haus.
Der Hans heult rum wegen dem kaputten Fenster
und dem Chaos drinnen.
Weil in dem Haus ja schon Chaos war,
als ich eingestiegen bin, frag ich den Hans danach.
Da fängt er wieder mit seinem Geschrei an:
„Mir reicht es jetzt.
Meine ganze Familie ist tot.
Dauernd muss ich dumme Fragen beantworten.
Ich will wissen, wer hier eingebrochen ist.
Da kannst du mal ermitteln.
Und mich in Ruhe lassen."

Ich verspreche dem Hans, dass ich mich am Montag
um den Einbruch kümmere.
Damit er sich beruhigt.
Wir stellen ein paar Bretter vor das Fenster
und gehen nach Hause.
Aber komisch ist das schon.
Da ist also schon jemand vor mir im Haus gewesen.
Wer bricht denn in ein Haus ein,
dass eh bald abgerissen wird?
Und in dem nichts Besonderes zu klauen ist?

# Wochen-Ende

Weil mich der Dr. Spechtl jetzt wieder angerufen hat, mach ich mir Gedanken.
Der Spechtl hat von meinen Ermittlungen gehört.
Wegen der Familie Neuhofer.
Da sagt der Spechtl zu mir am Telefon:
„Also, Eberhofer. Passen Sie auf, dass Sie sich nichts Falsches ausdenken.
Vielleicht waren das alles nur schreckliche Unfälle.
Und keine Morde. Machen Sie nicht so einen Fehler wie der Birkenberger."
Dann legt er auf.
Was meint der Spechtl jetzt damit?
Einen Fehler wie der Birkenberger?

Der Rudi Birkenberger.
Mein ehemaliger Partner in München.
Den habe ich schon lange nicht mehr gesehen.
Ich ruf den mal an und frag, wie es so geht.
Ja und dann hör ich, es geht super.
Der Rudi arbeitet in einem Kaufhaus als Detektiv.
Da soll er aufpassen, dass nichts geklaut wird.
Und zu seinem Gehalt bekommt er jede Menge Rabatt-Angebote.
Das darf ich nicht der Oma erzählen.
Die verkauft sonst den Hof und will beim Rudi wohnen.

Der Rudi und ich verabreden uns auf ein Bier.
Ich treffe den Rudi in München in
unserer alten Stamm-Kneipe.
Der Wirt kennt uns noch
und gibt eine Runde Bier aus.
Der Rudi und ich essen dann Würstl mit Kraut.
Und quatschen über die alten Zeiten.
Als wir noch zusammen gearbeitet haben.

Der Rudi wundert sich nicht
über den Anruf vom Spechtl:
„Mensch, Franz, weißt du nicht mehr,
wie du damals warst?
Als ich im Gefängnis saß.
Da bist du immer wie ein Verrückter durch
München gerannt.
Wenn dich einer was gefragt hat,
hast du gleich die Waffe rausgezogen.
Der Chef hat dich aufs Land geschickt,
damit du nicht durchdrehst.
Und jetzt fängst du mit so Mord-Geschichten an.
Da denkt der Spechtl natürlich, du spinnst wieder."

Na ja, wie er das so sagt, der Rudi.
Ein bisschen stimmt das schon.
Ich weiß ja auch nicht,
ob ich auf der richtigen Spur bin.
Oder ob ich mir das mit den Morden nur einbilde.

Als ich wieder nach Hause fahre,
habe ich jedenfalls keine gute Laune mehr.

Am Sonntag früh kommt der Flötzinger zu mir.
Er schmeißt mir die Rechnung für die Heizung hin.
Die neue Rechnung!
Er hatte ja schon eine Rechnung geschrieben.
Aber da hatte er sich verrechnet.
Da standen Zahlen, das glaubt kein Mensch.
So viel Geld für so wenig Heizung!
Und dann hat die Oma mit ihm geredet.

Weil die Oma, die ist ja nicht nur meine Oma.
Sondern irgendwie die Oma von allen Leuten
im Dorf.
Da kann jeder kommen und kriegt
einen Kaffee und einen Kuchen.
Das war schon so, als wir noch Kinder waren.
Alle meine Freunde waren gern bei uns.
Aber wenn mich jemand betrügen will,
dann muss der aber aufpassen.
Da versteht die Oma keinen Spaß.
Da haut die dem Betrüger ans Schienbein,
dass es kracht.
Und das hat die Oma wohl
mit dem Flötzinger gemacht.
Also hat der Flötzinger eine neue Rechnung
geschrieben.

Die gefällt mir auch gleich viel besser.
Ob die dem Flötzinger auch besser gefällt,
weiß ich nicht.

Abends beim Wolfi in der Kneipe ist es langweilig.
Keiner ist da außer ein paar von den Ehefrauen.
Und die erzählen sich bloß Geschichten
über ihre Kinder.
Ich geh nach Hause.

# Der Einbruch

Am Montag kommt der Hans Neuhofer
in mein Büro.
Er hat schlechte Laune.
„Was ist jetzt mit dem Einbruch? Wer war das?"

Ich zuck so mit den Schultern und sag:
„Ja noch nichts. Am Wochenende habe ich frei."
Dann frag ich ihn, wie er eigentlich sein neues Auto
bezahlt hat.
Da sagt der doch: „Na, mit Geld."
Ich hol wieder meine Waffe raus
und leg sie auf den Tisch.
Manchmal hilft das als Drohung,
wenn einer Quatsch erzählt.

Dann frag ich den Hans:
„Wo warst du, als dein Vater gestorben ist?
Und deine Mutter?"
Der Hans wird wütend und schreit los:
„Ja, was soll das schon wieder?
Immer diese blöden Fragen."
Dann rennt er aus meinem Büro.

Also diese ganze Sache mit der Familie Neuhofer.
Ich denk ja immer noch – das war Mord.
Aber was das für ein Ärger ist.

Die vielen Fragen und Ermittlungen.
Ich hol mir erst mal einen Kaffee bei der Susi.
Wir quatschen noch ein bisschen.
Dann geh ich wieder in mein Büro.

Plötzlich geht die Tür auf und der Simmerl kommt rein. Mit seinem Sohn Max.
Der ist gerade in der Pubertät.
Das ist ja die Zeit bei den Jungs, wo sie viel Pickel im Gesicht und viel Blödsinn im Kopf haben.
Bevor sie dann erwachsen werden.
Der Simmerl sagt zu mir:
„Der Max will dir was erzählen."
Aber der Max hockt da und sagt nichts.
Er redet erst, als sein Vater ihm einen Klaps auf den Hinterkopf gibt.

„Ja, das mit dem Einbruch waren wir.
Meine Kumpels und ich.
Wir dachten, das Haus wird eh abgerissen."
Ich frag so: „Was habt ihr da drin gemacht?"
Der Max wieder: „Halt so rumgeschaut.
War nicht viel zu sehen. Nur so altes Zeug.
Wir haben dann nur diese Hefte mitgenommen."
Er zieht ein paar Porno-Hefte aus seiner Jackentasche.
Der Simmerl und ich grinsen uns an.
Ja, wir waren ja auch mal jung.

Für die jungen Burschen war das ein tolles Abenteuer.
In ein verlassenes Haus einbrechen
und Porno-Hefte klauen.

Ich sag zum Max mit strenger Stimme:
„Also, das war jetzt nicht gar so schlimm mit dem
Einbruch. Weil das Haus eh abgerissen wird.
Aber macht so was nicht noch mal, verstanden?“

Als der Simmerl und der Max dann weg sind,
fahr ich zum Hans Neuhofer.
Der verdreht die Augen, weil ich schon wieder
vor der Tür stehe.
Ich erzähl ihm, wer das mit dem Einbruch war.
Das beruhigt ihn.
Es ist ja nichts Schlimmes passiert.
Dann will ich wissen, wie viel Geld er von der
Tankstellen-Firma bekommen hat.
Er sagt:
„50-tausend Euro.
Die habe ich aber von einer Immobilien-Firma.
Die waren schon lange an dem Haus interessiert.
Aber mein Vater wollte ja nicht verkaufen.“

Also 50-tausend Euro. Bringt man dafür
seine ganze Familie um?
Ich weiß nicht.
So langsam glaube ich es selber nicht mehr.

Ich geh nach Hause und freu mich
auf ein leckeres Essen von der Oma.
Aber nix!
Die Oma hat am nächsten Tag ihren 85. Geburtstag.
Und da wird gebacken ohne Ende.
Die ganze Küche steht voller Kuchen.
Und weil da so viele Leute zum Gratulieren kommen,
muss ich auch aus meinem Sau-Stall raus.
Da werden Tische und Stühle hingestellt
für das ganze Dorf.
Für das große Geburtstags-Kaffeetrinken.

Also ab zum Simmerl und Wurstbrötchen kaufen.
Dann geh ich mit dem Ludwig eine Runde.
Und danach zum Wolfi.
Ich weiß noch nicht, was ich der Oma schenken soll.
Aber der Wolfi hat auch keine gute Idee.

# Geburtstag

Am nächsten Tag fahr ich morgens erst mal
nach Landshut.
Die Kollegen haben die Haken vom Kran
untersucht und geprüft.
Da war nix zu finden.
Alle Haken waren wie neu.
Jetzt muss ich die Haken wieder abholen
und zur Firma zurückbringen.

Auf dem Rückweg kauf ich noch schnell was
für die Oma zum Geburtstag.
Sie bekommt von mir einen Gutschein für eine
Massage – in einem richtigen Massage-Salon.
Der Gutschein ist sehr teuer, aber egal.
Die Oma mag das nämlich, wenn ich ihr
den Rücken massiere.
Da gefällt ihr so eine richtige Massage
bestimmt gut.

Auf dem Hof hat die Geburtstags-Feier schon
angefangen.
Die ersten Gäste zum Gratulieren standen ja
bereits am frühen Morgen vor der Tür.
Tonnenweise werden jetzt Blumen angeliefert.
Es ist ein Geschrei wie verrückt, weil viele von den
älteren Gästen auch schlecht hören.

Die jüngeren Leute sind ja bei der Arbeit
und kommen erst heute Abend zum Feiern.

So wie ich.
Abends ist natürlich schon fast alles aufgefressen.
Der gute Braten ist weg und vom Kuchen sind
auch nur noch Reste da.
Ich nehm mir dann ein Stück Kuchen
und setz mich aufs Sofa zum Ausruhen.
Die Oma freut sich sehr über meinen Gutschein.
Später muss ich ein paar von den Gästen
nach Hause fahren.
Die sind sogar zu betrunken, um selber zu laufen.
Zum Spaß mach ich das Blau-Licht und die Sirene
vom Polizei-Wagen an.

Als ich wieder nach Hause komme,
schläft die Oma schon.
Die Susi ist noch da und trinkt ein Bier
mit dem Papa.
Dann sind nur noch die Susi und ich da.
Wir haben eine schöne Nacht auf meinem Sofa.

## Die neue Tankstelle

Das Neuhofer-Haus ist weg.
Zack – abgerissen!
Das ganze Dorf läuft hin und guckt.
Jetzt kann man sehen, wie groß das Grundstück
wirklich ist.
Der Hans Neuhofer steht auch da
und schaut traurig.
Ich sage zu ihm:
„Also, die 50-tausend Euro sind ja ziemlich wenig
für so ein tolles Grundstück.
Da hat dich jemand reingelegt."
Der Hans zuckt nur mit den Schultern
und fährt mit seinem neuen Auto weg.

Da kommt der Simmerl angerannt.
„Ich muss mit den neuen Besitzern reden.
Wenn die Tankstelle aufmacht, will ich dort
meine Wurst-Semmeln verkaufen."
Ja, die beiden Männer mit Anzügen habe ich
auch schon gesehen.
Die laufen auf dem Grundstück rum
und machen wichtige Gesichter.
Der Simmerl rennt hin und redet.
Und redet. Und redet.
Dann kommt er mit einem zufriedenen
Gesicht zurück.

Das Geschäft mit den Wurst-Semmeln hat
wohl geklappt.
Ich bestelle bei ihm noch schnell
zwei Kilo Hackfleisch für die Oma.
Das ist nämlich grad bei ihm im Angebot.

Als die beiden Anzug-Männer in meiner Nähe
stehen, höre ich was Interessantes.
Da sagt der eine zu dem anderen:
„Das wird hoffentlich ein gutes Geschäft
mit der Tankstelle.
Ich habe wirklich viel Geld dafür bezahlt."
Was redet der Typ da?
Also, 50-tausend Euro sind jetzt nicht so viel Geld.
Das Grundstück ist bestimmt viel mehr wert.
Na ja, ist mir auch egal.
Der Hans hat halt Pech gehabt.
Weil er nur die 50-tausend Euro bekommen hat.

Und diese Tankstelle wird unglaublich schnell
aufgebaut.
Es sind gerade mal ein paar Wochen vergangen.
Grad, dass im Garten von der Oma die ersten Tulpen
aus der Erde spitzen.
Und jetzt ist schon bald die Eröffnung geplant.
Als ich mal wieder vorbeifahre,
sehe ich den Bekannten von der Ferrari.
Diesen Architekten-Klaus.

Der steht da an der Tankstelle und unterhält sich
mit dem Anzug-Mann von neulich.
Ich wende meinen Dienst-Wagen und fahre zurück.
Wir haben nämlich die Ferrari schon lange
nicht gesehen.
Vielleicht weiß der Klaus ja, wo sie ist.
Leider ist der Klaus schon weg,
als ich bei der Tankstelle ankomme.

Ich frage den Anzug-Mann:
„Woher kennen Sie den Architekten,
der gerade weggefahren ist?"
Erst will der Anzug-Mann nicht mit mir reden.
„Warum wollen Sie das wissen?"
Ich zeige ihm meinen Dienst-Ausweis.
„Wegen meiner Ermittlungen."
Da erzählt er mir dann, dass er der Geschäfts-Leiter
von der Tankstelle ist.
Und der Klaus ist ein Geschäfts-Freund.
Sehr interessant.
Dann frag ich ihn noch, was er für das Grundstück
bezahlt hat.
Der Anzug-Mann will erst wieder
keine Antwort geben.
Er geht zu seinem Auto.
Kurz bevor er einsteigt, sagt er:
„500-tausend Euro.
Und jetzt lassen Sie mich in Ruhe!"

Ich muss mich hinsetzen. Vor Schreck.
Da stimmt doch was nicht.
Der Hans hat 50-tausend Euro bekommen.
Der Anzug-Mann hat 500-tausend Euro bezahlt.
Jemand hat die beiden betrogen.
Und freut sich jetzt über sehr viel Geld.

Und dann eröffnet die Tankstelle.
Das ganze Dorf ist da und feiert.
Der Simmerl schleppt eine Tonne
Wurst-Semmeln an.
Die neuen Besitzer verteilen Tank-Gutscheine.
Es ist wie auf einem Volks-Fest.

Ich seh auch den Hans Neuhofer.
Und jetzt bin ich wirklich ein bisschen gemein.
Ich geh zu ihm hin und frage:
„Weißt du, wie viel Geld die Tankstellen-Firma
für das Grundstück bezahlt hat?"
Der Hans schüttelt den Kopf.
Ich sage ganz langsam: „500-tausend Euro."
Der Hans bekommt einen richtigen Schreck.
Und dann wird er ganz blass.
Sein Gesicht hat jetzt so eine Farbe wie
die Winter-Kartoffel-Knödel von der Oma.
Die Kartoffeln sind ja im Winter viel heller
als die Kartoffeln im Sommer.
Also sind auch die Knödel heller.

Und so eine Farbe hat jetzt das Gesicht vom Hans.
Das sieht schon sehr komisch aus.
Jetzt tut er mir fast ein bisschen leid.
Er dreht sich dann auch um und geht weg.

## Die Ferrari

Ab und zu bin ich mit dem Ludwig
an dem Grusel-Haus vorbeispaziert.
Die Ferrari war schon ewig nicht mehr da
mit ihrem Mützen-Hund.
Aber das Haus soll doch umgebaut werden!
Damit es gut aussieht, wenn ihre Eltern
zu Besuch kommen. Im Sommer.
Das hat die Ferrari beim Abschied so gesagt.

Wie ich da so reinschaue, seh ich aber nix Neues.
Der Flötzinger hat die Heizung eingebaut –
das war alles.
Merkwürdige Sache.
Wieso geht es mit dem Umbau nicht weiter?

Ich geh mal beim Flötzinger vorbei.
Vielleicht weiß der mehr.
Beim Flötzinger bleib ich an der Tür stehen.
Wegen der Katzen.
„Sag mal, weißt du was von der Ferrari?
Da soll doch das Haus umgebaut werden."

Der Flötzinger wird ganz rot im Gesicht.
Er flüstert:
„Pst, nicht so laut! Wenn die Mary diesen Namen
hört, gibt es wieder Ärger!"

Ha, der Flötzinger!
Seine Mary hat nämlich erfahren,
dass er die Ferrari angemacht hat.
Als sie mit den Kindern im Urlaub war.
Jetzt muss er aufpassen, was er sagt.

Aber er weiß auch nichts.
Er hat seine Rechnung in den Briefkasten geworfen.
Bis jetzt hat er aber noch kein Geld bekommen.
Also, so langsam machen wir uns dann Sorgen,
der Flötzinger und ich.
Weil die Ferrari schon so lange nicht mehr
im Dorf war.
Und weil im Haus nichts umgebaut wird.

Ich schau mal wieder bei der Susi im Büro rein.
Sie soll mir die Adresse von der Ferrari in München
raussuchen aus ihrem Computer.
Da hör ich dann aber schlechte Nachrichten.
Eine Frau mit diesem Namen gibt es in München
überhaupt nicht.
Vielleicht wohnt sie ja im Umland,
aber danach kann die Susi jetzt nicht suchen.
Sie muss eine Feier für den Bürgermeister
vorbereiten.
Abends spazier ich dann mal wieder
mit dem Ludwig am Haus vorbei.
Und da brennt ein Licht.

Ich klingle und die Ferrari macht auf.
Der Ludwig und die Mütze freuen sich über das Wiedersehen und verschwinden im Haus.
Die Ferrari freut sich auch und umarmt mich.
Und dann fangen wir an rumzuknutschen.
Einfach so.
An die Susi denk ich jetzt gar nicht.

Nachher erzählt die Ferrari mir so:
„Ich war so lange weg, weil meine Mutter krank ist.
Ich bleibe auch nicht lange.
Wann ich wiederkomme, weiß ich auch noch nicht.
Den Umbau muss ich erst mal verschieben."
Dabei quetscht sie ein paar Tränen aus ihren Augen.

Das gefällt mir natürlich gar nicht.
Jetzt hatten wir so einen schönen Abend zusammen.
Und jetzt muss sie schon wieder weg, die Ferrari.
Aber wir können ja telefonieren, sagt sie.
Das ist nur ein kleiner Trost für mich.

# Noch ein Unfall

Gerade laufe ich mit dem Ludwig nach Hause,
da kommt der Hans mit seinem Motor-Roller
angefahren.
Der Hans fährt nämlich jetzt Motor-Roller.
Weil doch sein Audi A8 in der Werkstatt ist.
Wegen dem Unfall.
Er will wissen,
warum ich schon wieder bei ihm zu Hause war.
Sein Nachbar hat ihm erzählt, dass ich da war.
Aber der Hans war eben nicht zu Hause.
Da musste ich wieder gehen.
Dabei hätte ich doch so gerne einen Blick in die
Papp-Kartons in der Wohnung geworfen.
Das kann ich nätürlich nicht zum Hans sagen.
Ich sag: „Na, weil ich mir so viele Gedanken mache
wegen dem Haus-Verkauf.
Da stimmt doch was nicht."
Der Hans hat es eilig, weil er zum Fußball muss.
Er ist nämlich im Fußball-Verein vom Dorf
und die haben gleich ein Spiel.
Er sagt: „Ich hab dir auch was zu erzählen.
Ich komm dann morgen in dein Büro."
Dann fährt er weiter.

Ich gehe erst mal nach Hause
und gucke in alle Töpfe.

Es gibt aber nur Gemüsesuppe.
Das ist mir zu wenig.
Also geh ich mit dem Ludwig zum Fußball.
Im Vereins-Lokal gibt es bestimmt
was Besseres zu essen.
Das Spiel ist gerade aus.
Der Verein vom Dorf hat verloren.
Für mich ist das ein Glück.
Jetzt kann ich mit dem Hans reden.
Weil: Wenn sie gewinnen, dann wird gefeiert.
Da kann man dann nicht vernünftig reden.
Aber jetzt hat keiner Lust zu feiern.

Und dann erzählt mir der Hans
die ganze Geschichte von dem Haus:
Diese Immobilien-Firma hat seinen Vater
schon lange mit dem Verkauf genervt.
Aber sein Vater wollte nicht verkaufen.
Dann war der Vater tot.
Da hat die Immobilien-Firma die Mutter
zum Verkauf gedrängt.
Jetzt wollte aber die Mutter auch nicht verkaufen.
Dann war die Mutter tot.
Und als letztes sein Bruder.
Will nicht verkaufen – tot.
Da hat er, der Hans, keine Lust mehr
auf das ganze Theater gehabt.
Und hat das Haus verkauft.

Der Preis war ihm egal.
Er wollte nur seine Ruhe haben.
Das sind ja sehr interessante Informationen.
Ich sag zum Hans:
„Komm mal morgen früh in mein Büro.
Dann schreiben wir das alles auf."

Leider passiert dann mitten in der Nacht ein Unfall.
Und mit wem?
Natürlich mit dem Hans Neuhofer.
Der hat nach unserem Gespräch
noch ein paar Bier getrunken.
Dann ist er mit seinem Motor-Roller
durch den Wald gefahren.
Vorbei an dem Grusel-Haus von der Ferrari.
Zur gleichen Zeit war die Ferrari
mit ihrem Mützen-Hund draußen.
Die Mütze musste mal raus wegen Pinkeln und so.
Und dann ist es passiert:
die Ferrari steht auf der einen Seite von der Straße.
Und die Mütze pinkelt auf der anderen Seite
von der Straße.
Und die Hunde-Leine hängt quer über die Straße.
Und gerade da kommt der Hans Neuhofer
auf seinem Motor-Roller angefahren.
Und dann – zack!
Der Hans bleibt mit dem Motor-Roller
an der Leine hängen.

Er fliegt durch die Luft.
Und knallt mit dem Kopf an einen Baum.
Und das war es dann mit dem Hans.

Die Ferrari hat mich sofort angerufen
und ins Telefon geschrien.
Als ich zum Unfall-Ort hinkomme,
hängt sich die Ferrari an meine Schulter
und heult sich aus.
Und die Mütze kuschelt sich an den Ludwig.
Ein paar Minuten haben wir es alle schön
miteinander.
Den Hans stört das nicht, weil er ja tot ist.
Dann bring ich die Ferrari und die Mütze
nach Hause.

Und mache meine Polizei-Arbeit:
Unfall-Ort absperren, Beerdigungs-Leute anrufen,
Motor-Roller von der Straße holen.
Was soll man jetzt dazu sagen?

Die Familie Neuhofer gibt es jetzt nicht mehr.
Alle Neuhofers sind bei merkwürdigen Unfällen
gestorben.

# Ermittlungen

Dann ist erst mal Ostern.
Der Leopold und seine Roxana kommen zum Essen.
Bei der Oma gibt es am Oster-Samstag
immer Lamm-Braten.
Und das ist das einzige Essen von der Oma,
das ich überhaupt nicht mag.
Aber das darf ich der Oma nicht sagen.
Sonst wird sie böse.
Also muss ich vier Scheiben Braten essen.
Und abends in der Kirche ist mir schlecht.

Am Sonntag sitze ich beim Wolfi in der Kneipe.
Der Simmerl und der Flötzinger sind auch da.
Die beiden brauchen eine Pause von ihren Familien.
Wir trinken unser Bier und unterhalten uns.
Der Simmerl meckert:
„Die Tankstelle will jetzt Sandwiches und keine
Wurst-Semmeln mehr.
Wir sind doch hier in Bayern und nicht in Amerika."
Aber natürlich macht er die Sandwiches
für die Tankstelle.
Weil er ja Geld verdienen will.

Der Flötzinger wünscht sich, dass die Ferrari
wieder bei uns in der Kneipe sitzt.
Damit er sie anmachen kann.

Die Mary hat nämlich schon wieder keine Lust.
Nicht auf den Flötzinger.
Nicht auf Liebe.
Und schon gar nicht auf Sex.

Da sag ich ganz lässig zum Flötzinger:
„Die Ferrari ist bei ihren Eltern in Kanada.
Die kommt erst mal nicht hierher."
Was ich ihm nicht erzähle: dass ja ich schon mit der Ferrari rumgeschmust habe.
Da kommt der Flötzinger zu spät. Ha!
Aber das bind ich dem Flötzinger jetzt nicht auf die Nase.

Nach den Feiertagen geht die Arbeit wie üblich weiter.
Die Geschichte mit den Neuhofers lässt mich nicht in Ruhe.
Also weiter mit den Fragen und den Ermittlungen.
Ich will wissen, welche Immobilien-Firma das Grundstück vom Hans gekauft hat.
Zuerst fahre ich zur Tankstelle.
Der Tankwart sagt:
„Der Geschäfts-Leiter ist nicht da.
Der kommt nur bei wichtigen Terminen.
Jetzt ist er sowieso im Urlaub."
Also fahr ich zur Wohnung vom Hans.
Na ja, zur ehemaligen Wohnung vom Hans.

Ich klingle beim Nachbarn.
Der hat einen Ersatz-Schlüssel für die Wohnung.
Ich geh also rein und guck mich um.
Nicht viel zu sehen – eine Matratze und
viele Kartons.
Ich wühle ein bisschen in den Kartons.
Was suche ich eigentlich?
Das weiß ich auch nicht so genau.
Ich finde ein paar Papiere vom Haus-Verkauf.
Die nehme ich mit für meine Ermittlungen.
Das sag ich auch dem Nachbarn,
als ich die Schlüssel zurückbringe.
Dann verabschiede ich mich und fahr nach Hause.

Da hockt der Leopold in der Küche und heult.
Erst denk ich, er heult wegen den Zwiebeln,
die die Oma gerade in der Pfanne brät.
Es gibt nämlich Bratkartoffeln mit Speck
und Zwiebeln.
Aber nach dem Essen heult er immer noch.
Und dann erzählt er, dass die Roxana abgehauen ist.
Mit einem anderen Mann.
Also dazu sag ich jetzt nichts.
Weil die Roxana ist schon
so eine bestimmte Sorte von Frau.
Die hat mich auch schon versucht anzumachen.
Aber mit dem Leopold hab ich natürlich
kein Mitleid.

Abends geh ich zum Wolfi auf ein Bier.
Da hockt der Flötzinger schon betrunken am Tisch.
Der Wolfi sagt zu mir:
„Das ist jetzt jeden Abend so.
Pass auf, gleich fällt er vom Stuhl."
Und genau so ist es:
Zack – fällt der Flötzinger vom Stuhl.
Aber sein Bierglas hat er festgehalten.
Und da ist kein Tropfen verschüttet.
Unglaublich!

## Mehr Ermittlungen

Die Papiere vom Hans helfen mir nicht
bei meinen Ermittlungen.
Ich finde keinen Kauf-Vertrag.
Also fahr ich noch mal zur Tankstelle.
Der Geschäfts-Leiter ist vom Urlaub zurück.
Ich kann mit ihm telefonieren.
Er ist gleich wieder genervt von mir:
„Was wollen Sie denn schon wieder?“
Ich will von ihm wissen,
wie die Immobilien-Firma heißt.
Er hat dieser Firma ja 500-tausend Euro bezahlt.
Aber der Hans hat nur 50-tausend Euro
von der Firma bekommen.
Da stimmt doch was nicht.
Der Geschäfts-Leiter gibt mir den Namen
von der Firma und legt dann schnell auf.

Ich versuche die Immobilien-Firma anzurufen.
Aber ich habe kein Glück.
Niemand geht ans Telefon.

Am Samstag bin ich mal wieder mit dem Rudi
in München verabredet.
Vorher fahr ich noch bei dieser Immobilien-Firma
vorbei.
Die Adresse in München hab ich.

Leider gibt es dort keine Firma.
Die Nachbarn erzählen mir, dass die Firma weg ist.
Seit ein paar Wochen ist da keiner mehr zu sehen.
So ein Mist!

Dann treff ich den Rudi im Gasthaus
und wir essen Schnitzel mit Pommes.
Der Rudi erzählt die ganze Zeit
von seiner neuen Arbeit.
Er hat sich jetzt nämlich als Privat-Detektiv
selbstständig gemacht.
Er rennt jetzt in der Gegend rum
und beobachtet Leute.
Manchmal fotografiert er die Leute auch.
Dafür bekommt er dann Geld
von seinen Auftrag-Gebern.

Irgendwann nervt mich der Rudi
mit seinen tollen Geschichten.
Ich will auch mal was von meiner Arbeit erzählen.
Zum Beispiel, dass diese Immobilien-Firma
verschwunden ist.
Der Rudi verspricht mir,
dass er sich darum kümmern wird.
Er wird diese Firma für mich suchen.
Das ist eine gute Idee.
Ich habe ja schließlich noch genug
andere Sachen zu erledigen.

Als ich am nächsten Tag wieder im Büro bin,
kommt die Susi vorbei.
Sie hat noch mal wegen der Adresse von der Ferrari
im Computer gesucht.
Und was ist?
Eine Frau mit diesem Namen gibt es auch nicht
außerhalb von München.
Seltsam!
Die Susi ist jetzt sauer auf mich,
weil ich mich nur kurz bei ihr bedanke.
Na ja, seit ich mit der Ferrari rumgeschmust habe,
ist die Susi nicht mehr so interessant für mich.
Das ist nicht nett von mir, aber so ist es halt.

Dann ruf ich widerwillig den Leopold
in seiner Buch-Handlung an.
Der Leopold und ich – wir mögen uns ja
nicht besonders.
Aber ich brauche einen Fachmann wegen
diesem Kran-Haken.
Und der Leopold kennt viele Leute.
Der kennt bestimmt auch jemanden, der sich mit
solchen technischen Sachen auskennt.
Heute ist er sehr nett zu mir und will mir helfen.
Ich frag ihn dann auch, wie es ihm geht.
So ohne Roxana.
Da wird er wütend:
„Die hat mir mein ganzes Geld vom Konto geklaut.

Wenn ich die noch mal sehe, bring ich die um.“
So was sagt der Leopold zur Polizei.
Also zu mir, weil ich bin ja die Polizei.

## Es geht weiter

Ein paar Tage später treffe ich den Leopold im Krankenhaus.
Er besucht den Papa. Der hat sich beim Grasmähen zwei Zehen abgeschnitten.
Und deshalb liegt er jetzt im Krankenhaus.
Der Leopold sagt zu mir:
„Also, die Sache mit dem Kran-Haken.
Jeder Architekt kann dir ausrechnen,
wie lange so ein verrosteter Haken hält.
Bevor er endgültig kaputtgeht und
alles fallen lässt."
Na bravo, ich hatte also Recht!
Dann ist der Unfall vom Neuhofer-Bruder vielleicht doch kein Unfall, sondern Mord.

Ich fahr noch einmal zum Richter Moratschek.
Aber der will nichts von mir hören.
„Das waren alles Unfälle, Eberhofer.
Bloß weil Sie sich im Dorf langweilen,
denken Sie sich einen Mord aus."
Dann geht er in die Kneipe und lässt mich stehen.
Ich muss also alleine mit meinen Ermittlungen weitermachen.

Wie ich in mein Büro komme,
wartet die Susi schon auf mich.

Die Susi ist total sauer, weil ich mit der Ferrari
rumgeschmust habe.
Patsch – haut sie mir eine Ohrfeige runter.
Ich tu erst mal unschuldig.
Da haut sie mir – patsch – gleich noch eine runter.
Woher weiß die Susi das mit der Ferrari?
Sie sagt, das hat sie beim Wolfi erfahren.
Na warte, Wolfi!

Ich geh dann beim Wolfi vorbei und frag ihn:
„Warum hast du Idiot denn der Susi erzählt,
dass ich mit der Ferrari rumgeschmust habe?"
Der Wolfi denkt, ich spinne.
„Wieso? Ich hab gar nichts erzählt.
Das wusste ich ja gar nicht mit dir und der Ferrari.
Vielleicht hat die Ferrari das der Susi selber erzählt.
Die waren doch zusammen hier!"

Ich höre wohl nicht richtig!
Die Ferrari war hier im Dorf.
Und hat sich einen lustigen Abend
beim Wolfi gemacht.
Mit der Susi und noch ein paar anderen.
Warum weiß ich davon nichts?
Ich versuche sie doch die ganze Zeit anzurufen.
Ohne Erfolg.
Und zu Hause ist sie auch nicht.
Ich geh doch öfter mit dem Ludwig dort vorbei.

Ich bekomme langsam schlechte Laune.
Weil ich so langsam überhaupt nichts mehr kapier.

Und es kommt noch schlimmer.
Ich muss jetzt den Schüler-Lotsen spielen.
Da steh ich morgens und mittags an der
Hauptstraße bei der Bus-Haltestelle.
Und passe auf, dass die Kinder
gut über die Straße kommen.
Das ist eigentlich ein Blödsinn,
weil da doch ein Zebrastreifen ist.
Da müssen die Autos eh anhalten.
Aber das ist bloß wieder so eine dumme Idee
vom Bürgermeister.
Er und der Richter Moratschek
haben sich das ausgedacht.
Damit ich nicht mehr über die Familie Neuhofer
und ihre seltsamen Unfälle nachdenke.

Am zweiten Tag kommt die Oma vorbei.
Sie schreit mit voller Lautstärke:
„Ja, Franz, siehst du gut aus in deiner Uniform!"
Und da denk ich mir:
Jetzt mach ich der Oma und den Schülern
mal eine Freude.
Damit wir alle einen Spaß haben.
Ich bringe jetzt jeden Schüler einzeln
über die Straße.

Das hält natürlich den Verkehr auf.
Bald ist da ein Riesen-Stau auf der Hauptstraße.

Abends mach ich dann noch Führerschein-Kontrolle vor dem Vereins-Heim.
Das gibt auch ein großes Geschrei.
Viele trinken nämlich doch ein paar Bier, obwohl das verboten ist beim Autofahren.
Ich sag zu den Schreihälsen:
„Beschwert euch beim Bürgermeister oder beim Richter Moratschek."

Nach zwei Tagen ist dann der ganze Blödsinn wieder vorbei.
Der Bürgermeister findet, wir brauchen doch keinen Schüler-Lotsen im Dorf.
Und ich kann mich wieder um meine Ermittlungen kümmern.

## Was passiert hier?

Der Rudi hat endlich was herausgefunden.
Diese seltsame Immobilien-Firma gibt es wirklich nicht mehr in München.
Aber auf Mallorca hat diese Firma auch ein Büro.
Das ist ja seltsam.

Am Abend ist der Leopold schon wieder zum Essen bei uns.
Er hat gute Laune, weil er die Roxana reingelegt hat.
Die ist nämlich wieder zurückgekommen und wollte beim Leopold wieder einziehen.
Der Leopold hat so getan, als ob er sich freut.
Und als sie ihm sein Geld zurückgegeben hat, da hat er sie rausgeschmissen.
So ein schlauer Bursche!

Die Oma hat Rouladen gemacht und wir futtern wie die Weltmeister.
Beim Abend-Spaziergang mit dem Ludwig treff ich den Flötzinger.
Der geht jetzt joggen, damit er eine bessere Figur bekommt.
Er denkt, dann kann er mehr Frauen anmachen.
Der Flötzinger!
Er hat aber auch interessante Neuigkeiten für mich.
Das Haus von der Ferrari soll verkauft werden.

Da ist eine Frau aus Kanada gekommen.
Das ist die Besitzerin von dem Haus.
Also muss das ja die Mutter von der Ferrari sein.
Aber die Ferrari hat mir doch erzählt,
dass ihre Mutter schwer krank ist.
Wie kann die kranke Mutter jetzt hier sein
und sich um den Haus-Verkauf kümmern?
Ich muss so schnell wie möglich
mit dieser Frau reden.
Heute Abend ist es aber schon zu spät.

Am nächsten Morgen kommt dann leider die Oma
wieder mit ihren Einkaufs-Wünschen.
Schon wieder Sonder-Angebote irgendwo.
Immer das gleiche Theater.
Wie ich so mit der Oma im Auto sitze,
seh ich plötzlich den Klaus auf der Straße.
Das ist doch dieser Bekannte von der Ferrari.
Ich kann leider nicht anhalten
und schau ihm nur hinterher.
Die Oma wundert sich, warum ich den Mann
so anstarre.
Sie schreit mir ins Ohr:
„Das ist doch ein Fahrer von der Tiefkühl-Firma.
Da wo man gefrorene Sachen bestellen kann.
Und dann bekommt man es ins Haus geliefert."
Na ja, das kann ja nicht sein.
Der Klaus ist Architekt.

Der kann ja kein Tiefkühl-Fahrer sein.
Das sag ich auch so der Oma.
Da wird die Oma sauer, weil ich ihr nicht glaube.
Dafür tritt sie mir gegen das Schienbein.
Das macht sie gerne, wenn sie wütend ist.
Die Oma!

Dann fahr ich zu dieser Frau aus Kanada.
Die erzählt mir dann:
„Mein Mann und ich möchten das Haus verkaufen.
Wir haben keine Kinder und leben ja in Kanada.
Erst hat es diese Immobilien-Firma
mit dem Verkauf versucht.
Aber das hat nicht geklappt.
Deshalb bin ich jetzt gekommen,
um mich selbst darum zu kümmern."

Ich frag sie nach ihrer Tochter.
Sie guckt mich erstaunt an und sagt noch einmal,
dass sie keine Tochter hat.
Sie kennt auch niemanden in ihrer Verwandtschaft,
der Mercedes heißt.
Das ist ja der richtige Name von der Ferrari.
Die Frau aus Kanada sagt:
„Die Einzige, die einen Schlüssel vom Haus hatte,
war die Frau von der Immobilien-Firma.
Wegen der Renovierung.
Aber diese Frau heißt Alexandra Kleindienst."

Jetzt steh ich da wie ein Idiot.
Es gibt also keine „Mercedes“.
Und schon wieder taucht diese komische
Immobilien-Firma auf.
Irgendetwas ist hier ganz und gar nicht in Ordnung.

Zu Hause sitzt die Oma am Tisch
und hat eine Menge Prospekte um sich herum liegen.
Das sind alles die Blätter von den Sonder-Angeboten.
Die Oma hebt die nämlich immer auf.
Sie gibt mir einen Prospekt von der Tiefkühl-Firma.
Da ist doch tatsächlich der Klaus abgebildet.
Und sein Name steht auch da – Klaus Mendel.
Jetzt fällt mir nichts mehr ein.
Wieso ist der Klaus ein Tiefkühl-Fahrer,
wenn er sich bei uns als Architekt vorgestellt hat?
Und wieso erreiche ich die Ferrari nicht am Telefon?
Damit ich mal fragen kann, warum sie uns einen
falschen Namen gegeben hat.
Weil ich jetzt eine Ablenkung brauche,
geh ich auf ein Bier zum Wolfi.

# Immer verrückter

Ausgerechnet jetzt gibt es einen Riesen-Unfall
an der Hauptstraße.
Da hat ein Auto-Fahrer nicht rechtzeitig gebremst.
Und ist hinten in die Auto-Schlange reingerauscht.
Acht Autos sind beschädigt.
Glücklicherweise ist kein Mensch verletzt worden.
Aber für mich bedeutet das:
Ewig lang im Büro sitzen und Berichte schreiben.
Wer – wie – was – wo. So geht das den ganzen Tag.
Ich werd noch verrückt mit diesem Mist.
Meine eigenen Ermittlungen zur Familie Neuhofer
müssen mal wieder warten.

Mittags ruft der Rudi an.
Der hat sich gerade frisch verliebt
und will mit der Frau in den Urlaub fahren.
Und weil der Urlaub auf Mallorca sein soll,
macht der Rudi mir einen Vorschlag:
„Wenn ich schon dort bin, kann ich mir gleich mal
das Büro von dieser komischen Immobilien-Firma
ansehen, oder?"
Das ist natürlich eine super Idee vom Rudi.

Ich will unbedingt wissen, was der
Architekten-Klaus und die Ferrari
mit der ganzen Sache zu tun haben.

Der Rudi hatte mir neulich schon
einen Werbe-Prospekt von dieser Firma gegeben.
Da sind die Ferrari und der Klaus drin abgebildet.
Und dort steht, dass sie die Besitzer
von dieser Immobilien-Firma sind.
Was soll denn das bloß bedeuten?
Hat die Ferrari uns alle im Dorf
an der Nase herumgeführt?
Hat sie etwas mit den Unfällen
der Familie Neuhofer zu tun?
In meinem Kopf dreht sich alles im Kreis.

Da kommt die Oma in mein Büro.
Sie hat einen großen Teller mit Kuchen dabei.
Aber für mich hat sie eine andere Überraschung:
Sie will mir ein richtiges Bade-Zimmer
für meinen Schweine-Stall bezahlen.
Das wäre natürlich toll – ein eigenes Bad.
Dann brauch ich zum Duschen nicht mehr
zur Oma und dem Papa rüber.
Ich ruf sofort den Flötzinger an und mach
einen Termin mit ihm zum Ausmessen.
Und ich sag ihm auch, dass die Oma bezahlt.
Damit er gleich eine ordentliche Rechnung schreibt.
Das ist gesünder fürs Schienbein.

Die Oma nimmt in der Zwischenzeit
den Kuchen-Teller mit zur Susi ins Büro.

Und dann trinken die beiden gemütlich
einen Kaffee dazu.
Weil die Susi immer noch sauer auf mich ist,
darf ich natürlich nicht mit rüber.
Also kein Kuchen für mich.

Dafür red ich dann am Telefon mit dem Flötzinger
noch so über dies und das.
Und über die Ferrari natürlich.
Und über all die Merkwürdigkeiten wegen dem
Hans Neuhofer und seinem Hausverkauf.
Der Flötzinger sagt dann, dass ich doch mal bei der
Fußball-Mannschaft nachfragen soll.
Die wissen vielleicht etwas von dem Unfall vom
Neuhofer-Vater.
Der Hans hat seinen Fußball-Freunden
da einiges erzählt.
Ja, und das mach ich dann auch.

Ich setz mich ins Vereins-Heim
und trink ein Bier mit den Fußballern.
Und da hör ich dann, dass an dem Tag
ein Tiefkühl-Fahrer im Haus war.
Gerade als der Vater Neuhofer einen Stromschlag
gekriegt hat.

Ist das Zufall?
Oder hat der Architekten-Klaus das so geplant?

Ich muss unbedingt mit der Ferrari sprechen.
Ich kann gar nicht glauben,
dass sie etwas mit dieser Sache zu tun hat.
Na ja, natürlich möchte ich das auch nicht glauben.
Wo wir doch neulich so eine schöne Zeit hatten.

Beim Simmerl kauf ich fünf Rinder-Steaks
für unser Abendessen.
Die Oma freut sich riesig und macht
einen super-leckeren Kartoffel-Salat dazu.
Der Papa ist erst nicht so begeistert,
weil er den Grill anmachen muss.
Weil er ja immer noch seinen verletzten Fuß hat.
Aber nachher hat es uns allen ganz toll geschmeckt.

# Mallorca

In der nächsten Zeit geht dann
erst mal wieder nichts voran.
Meine Ermittlungen bringen keine
neuen Erkenntnisse.
Als ich vom Spaziergang mit dem Ludwig
zurückkomme, ruft der Rudi an.
Er schreit ins Telefon:
„Diese blöde Kuh, diese blöde. Die bring ich um."
Ich versteh erst mal gar nichts.
Dann krieg ich Folgendes aus dem Rudi raus:
Seine neue Liebe hat ihn schon verlassen.
Die ist wieder zu ihrem Ehemann zurück.

Das Dumme ist: Der Rudi hatte als Überraschung
für sie diesen Urlaub auf Mallorca gebucht.
Zwei Wochen Romantik-Hotel
mit allem Drum und Dran.
Und jetzt das!
Da sag ich Idiot zu ihm:
„Du, Rudi, ich hab doch ab Montag auch Urlaub.
Dann treffen wir uns mal und machen was
zusammen, okay?"
Das war ein großer Fehler.
Jetzt hat der Rudi nämlich wieder eine super Idee:
Der Rudi fährt mit mir nach Mallorca.
Das Hotel ist ja schon bezahlt.

Also, das will ich auf gar keinen Fall.
Ich bin total beschäftigt
mit der toten Familie Neuhofer.
Und Mallorca?
Das ist so weit weg und so heiß da.
Aber ich hab keine Chance.
Die Oma und der Papa finden die Idee auch ganz toll.

Und deshalb sitz ich am Sonntag mit dem Rudi
im Flugzeug nach Mallorca.
Und anschließend in dem Romantik-Hotel.
Was die nächsten Tage so passiert,
erzähl ich lieber nicht.
Der Rudi hat seinen Spaß, weil viele Leute uns
für ein schwules Männer-Pärchen halten.
Ich finde das aber gar nicht lustig.

Für mich wird es erst interessant,
als ich mir diese Immobilien-Firma angucke.
Die ist ja auch auf Mallorca.
Und das ist der einzige Grund, warum ich überhaupt
mitgekommen bin mit dem Rudi.
Und bei der Firma treffe ich nämlich ganz zufällig
die Ferrari auf der Straße.
Sie ist natürlich sehr überrascht, mich hier zu sehen.
Aber diese Frau ist etwas ganz Besonderes.
Sie fängt sofort an, mich anzumachen.
Und dann schmusen wir am Strand rum.

So gefällt mir dieses Mallorca ganz gut.
Wie ich ins Hotel komme, ist der Rudi stocksauer.
Wir waren ja zum Abendessen verabredet.
Das hatte ich wegen der Ferrari total vergessen.
Der Rudi und ich schreien uns eine Weile an.
Aber wie es halt unter Kumpeln so ist:
Erst rumschreien, und dann ist alles wieder
in Ordnung.

Beim Frühstück sagt der Rudi zu mir:
„Also, Franz, jetzt sei doch nicht so blöd.
Nur weil die Ferrari so nett mit dir rumschmust,
kannst du sie nicht aus der Sache raushalten.
Die hat doch mit diesem Klaus
und der Immobilien-Firma was zu tun."
Ich mag nicht hören, was der Rudi zu sagen hat.
„Jetzt sei mal still mit deinen dummen Sprüchen.
Ich kläre die Sache allein – ohne dich."
Dann lass ich ihn am Frühstücks-Tisch sitzen.

Später bin ich ja mit der Ferrari
am Strand verabredet.
Weil ich noch viel Zeit hab,
rufe ich mal zu Hause an.
Der Papa ist am Telefon und erzählt mir die
neuesten Geschichten von daheim.
Und weil ich dann immer noch Zeit hab, gehe ich
noch einmal zu dem Büro der Immobilien-Firma.

Da guck ich mich ein bisschen um,
bis ich Schritte auf der Treppe höre.
Die Ferrari kommt mit dem Klaus aus dem Büro.
Dann steigen sie gemeinsam in ein Auto
und fahren weg.
Dabei hat der Klaus seinen Arm
um die Ferrari gelegt.
Was soll das denn jetzt?

## Das Spiel ist aus

Das frag ich dann auch die Ferrari,
als ich sie am Strand treffe.
Und warum sie die ganze Zeit mit einem
falschen Namen herumläuft.
Und was sie auf Mallorca macht.
Und ... und ... und ...

Die Ferrari versucht mich zu küssen.
Aber ich will jetzt lieber Antworten von ihr
bekommen als Küsse.
Ich glaub sie will mich eh bloß ablenken.
Also schalte ich auf stur.
Da schaut sie mich mit großen Augen an.
So eine Fragerei hat sie nicht erwartet.
Sie fragt mich ganz beleidigt:
„Ja, Franz, bist du hier im Dienst?
Warum willst du das alles wissen?"
Dann steht sie auf, nimmt die Mütze und geht.
Weil ich nicht weiß, mit welchem Namen
ich sie rufen soll, lass ich sie gehen.

Also marschier ich zurück ins Hotel.
Und schrei erst mal den Rudi an.
Der ist uns nämlich nachgelaufen
und hat uns heimlich mit seiner Kamera gefilmt.
Ja, das gehört sich doch nicht!

Aber er hat dann auch was Interessantes gehört.
Wie die Ferrari von mir weggerannt ist,
hat sie telefoniert.
Und da hat sie am Telefon gesagt:
„Dieser bayerische Polizist ist hinter uns her.
Ich fliege jetzt zurück nach Deutschland.
Dann kann er mir keine dummen Fragen
mehr stellen.“

Ich glaub dem Rudi erst mal nicht.
Aber er hat den Beweis auf seiner Kamera.
Da kann ich es selbst sehen und hören.
Es ist also leider wahr:
Meine liebe Ferrari und der Architekten-Klaus
sind ein böses Mörder-Pärchen.

Nach diesen aufregenden Neuigkeiten
gehen der Rudi und ich in die Hotel-Bar
und betrinken uns.
Etwas Besseres fällt uns im Moment nicht ein.
Wobei das ja nun nicht so besonders klug ist.

Als ich morgens aufwache, ist der Rudi
schon wieder unterwegs.
Ich habe furchtbares Kopfweh vom vielen Trinken
letzte Nacht.
Auf dem Balkon steht ein tolles Frühstück.
Der Rudi hat auch noch einen Zettel dazugelegt.

Da steht drauf: „Los, Franz, du musst jetzt
mit dem Architekten-Klaus reden.
Bevor der auch noch abhaut.
Am besten in dem Lager-Raum da unter dem Büro.
Dein Rudi".

Und das mach ich dann auch.
Erst mal Frühstück, ein paar Runden schwimmen
und dann zum Immobilien-Büro.

Vor dem Haus ruf ich den Klaus an und sag ihm,
dass ich mit ihm reden will.
Der kommt ganz locker die Treppe runter.
Er will mit mir in ein Straßen-Café gehen.
In der Öffentlichkeit sagt der Klaus bestimmt nix.
Also gehe ich mit ihm in den Lager-Raum.
Und dort erzählt mir der Klaus die ganze
unheimliche Mörder-Geschichte.

Warum er sich das traut?
Weil wir in dem Lager-Raum allein sind.
Und weil uns keiner zuhört.
Und weil der Klaus weiß, dass mich alle für verrückt
halten wegen dieser Geschichte.
Und mir deshalb keiner glauben wird.

Und was der Klaus da alles erzählt!
Da kommt mir das kalte Grausen.

Die Ferrari und er, die haben schon lange
so Dinger gedreht.
Also Häuser gekauft und verkauft und dabei
ordentlich abkassiert.
Der Klaus ist ja als Tiefkühl-Fahrer
überall herumgekommen.
So hat er die Häuser dann gefunden,
die interessant waren.
Und die Ferrari hat den Leuten
die Häuser dann abgeschwatzt.
Und dann haben sie die Häuser wieder verkauft.
Für viel mehr Geld!

Das Neuhofer-Haus hatten die beiden
der Tankstellen-Firma schon gezeigt.
Und die Tankstellen-Firma wollte
das Grundstück unbedingt haben.
Um jeden Preis.
Aber der alte Neuhofer wollte ja nicht verkaufen.

Eines Tages kommt der Klaus da mal wieder
als Tiefkühl-Fahrer vorbei.
Und da ist der Neuhofer gerade dabei,
den Elektro-Herd anzuschließen.
Also hat der Klaus heimlich
an der Strom-Sicherung gedreht ...
Und der Neuhofer hat einen Stromschlag
gekriegt und war tot.

Jetzt dachten der Klaus und die Ferrari, dass die
Mutter Neuhofer das Haus verkauft.
Aber nein – die wollte auch nicht verkaufen.
Da hat der Klaus dann den Selbstmord
vorgetäuscht.
Und die Mutter Neuhofer eigenhändig
im Wald erhängt.

Ich bin schon ganz durcheinander.
Das gibt es doch gar nicht!
Da sitzt der Kerl mir gegenüber
und erzählt seelenruhig,
wie er zwei Menschen umgebracht hat.
Ich muss erst mal ordentlich schlucken.
Meine Stimme ist ganz kratzig.
Trotzdem frage ich:
„Und wie war das dann mit dem Container-Unfall?"

Der Klaus lacht doch tatsächlich.
„Das war eine leichte Übung!
Ich habe das genau ausgerechnet.
Wie der Haken an dem Kran beschaffen sein muss.
So ist er dann auch im richtigen Moment gerissen.
Vorher habe ich mit dem Neuhofer gewettet. Ich
habe gesagt, er traut sich nicht,
unter dem Container zu stehen.
Aber klar hat er sich getraut."
Der Klaus patscht die Hände aufeinander und grinst.

„Aber warum dann noch der Roller-Unfall
mit dem Hans Neuhofer?“, frage ich.
„Der hat doch das Haus verkauft!“

„Ja, schon“, erklärt der Klaus.
„Aber der Hans hat gesagt, er will mit dir sprechen.
Das war uns dann zu gefährlich.
Der Hans war ja unzufrieden.
Irgendjemand hat ihm gesteckt,
wie viel Geld wir für sein Haus kassiert haben.
Wir konnten nicht riskieren,
dass er dir zu viel erzählt.
Also haben wir einen Draht
über den Waldweg gespannt.
Als der Hans dann dort entlanggefahren ist – zack!
Dann noch schnell den Draht fortbringen
und dafür die Hundeleine ums Rad wickeln.
Und schon konnte die Mercedes dich anrufen
und den Unfall melden.“

Als der Mörder-Klaus mit dem Erzählen fertig ist,
grinst er mich an.
Und sagt dann ganz lässig „Tschüss“ und geht.
Weil er ja glaubt, dass ich ihm nichts beweisen
kann.

# Auf Wiedersehen, Ferrari

Und was mach ich jetzt?
Ich habe das Gespräch mit dem Klaus ja
heimlich aufgenommen.
Mit so einem elektronischen Aufnahme-Gerät.
Damit ich einen Beweis habe für den Richter
Moratschek.
Leider hat das Gerät nicht gut funktioniert.
Vielleicht, weil es in meiner Hosentasche steckte.
Jedenfalls ist ganz viel Rauschen zu hören.
Und nur wenig von dem Gerede.
Aber wenn man weiß, was gesprochen wurde,
geht es schon.
Also mit viel Phantasie.

Trotzdem bin ich zufrieden,
dass ich recht hatte.
Die Familie Neuhofer ist eben nicht
durch Unfälle gestorben.
Sondern sie wurden alle ermordet.
Weil der Klaus und die Ferrari
Geld verdienen wollten.
Mit dem Neuhofer-Haus.

Jetzt brauch ich doch erst mal Urlaub.
Der Rudi hat das Hotel ja schon bezahlt.
Das müssen wir ausnutzen.

Also liegen der Klaus und ich die nächsten Tage
nur faul am Strand.

Als ich wieder zu Hause bin, mach ich ganz schnell
einen Termin beim Richter Moratschek.
Er hat sogar Zeit für mich.
Ich zeige ihm mein Aufnahme-Gerät und sage:
„Hier habe ich das Geständnis von dem Mörder
der Familie Neuhofer.
Leider ist der Ton ziemlich schlecht.
Aber dafür gibt es ja Polizei-Technik.
Dann kann man das bestimmt besser hören."
Der Moratschek schaltet das Gerät an.
Wir hören ein Plopp-Plopp-Plopp.
Na ja, das ist wirklich nicht viel.
Der Moratschek ist total sauer.
„Ja, Eberhofer, was soll das denn jetzt sein?
Da ist ja nix zu hören.
Damit können wir doch niemanden verhaften.
Nun ist aber Schluss mit dieser Mord-Geschichte!"
Dann schmeißt er mich aus seinem Büro.

Und jetzt kommt die große Überraschung:
Da steht nämlich der Rudi auf dem Flur.
Was macht der denn hier?
Der Rudi sagt zum Moratschek:
„Wenn Sie mir fünf Minuten Zeit geben,
zeig ich Ihnen was.

Dann sehen Sie, dass der Franz recht hat
mit seiner Mord-Geschichte."

Der Moratschek antwortet:
„Fünf Minuten! Mehr nicht!"
Und jetzt der Rudi, dieser Schlaumeier!
Der hatte sich in dem Lager-Raum versteckt
mit seiner Kamera.
Ohne mir etwas zu sagen.
Und auf seinen Aufnahmen ist der Klaus ganz
einwandfrei zu hören.
An dem Beweis gibt es nichts zu meckern.

Und dann geht alles ganz schnell.
Der Klaus und die Ferrari werden verhaftet.
Direkt auf dem Münchner Flughafen.
Das ist ein richtiges Schauspiel!
Natürlich bin ich bei der Festnahme dabei.
Wie ich die Ferrari da so sehe,
wird mir ganz traurig ums Herz.

Ach Ferrari!
Was hast du bloß getan?
Ich guck der Ferrari noch einmal tief in die Augen.
Sie drückt mir ihren Mützen-Hund in den Arm.
Dann drückt sie ein paar Tränen aus ihren Augen.
Dann nehmen die Münchner Kollegen sie mit.
Und ich fahr nach Hause.

Zu Hause wartet schon die Oma auf mich.
Weil sie jetzt zwei Wochen nicht einkaufen konnte.
Mit dem Papa fährt sie nämlich nicht.
Der ist ihr zu langsam.
Und ich war ja auf Mallorca.
Also bin ich jetzt dran – und die Liste ist sehr lang!

## Der Fall ist zu Ende

Auch sonst ist bei uns auf dem Hof alles wie immer.
Der Leopold hat eine neue Freundin,
diesmal aus Thailand.
Und er spielt den lieben Sohn beim Papa.
Der Papa beschwert sich
über seine fehlenden Zehen.
Und hört seine Beatles.
Der Ludwig und ich gehen spazieren.

Am Montag komme ich ins Büro
und da ruft gleich der Moratschek an.
Er gratuliert mir wie verrückt,
dass ich diesen Fall jetzt doch gelöst habe.
Aha, auf einmal nimmt er mich ernst.

Der Rudi und ich sollen die ganze Geschichte
dann auch noch mal vor Gericht erzählen.
Weil wir bei dem Geständnis vom Klaus
dabei waren.
Und bei der Verhaftung vom Klaus und der Ferrari.
Das nennt man dann eine Zeugen-Aussage.

Bis dahin geht das Leben bei uns im Dorf
erst mal weiter.
Beim Wolfi in der Kneipe hör ich,
dass der Flötzinger eine neue Freundin hat.

Seine Frau, die Mary, hat ihn zum Schluss
nur noch genervt.
Na ja, vielleicht hat ja auch der Flötzinger
die Mary genervt.
Das kann man jetzt nicht so genau sagen.
Jedenfalls wohnt die Mary nicht mehr hier.
Und der Flötzinger hat sich was Neues gesucht.

Der Wolfi meint, es könnte die Susi sein.
Weil die doch auf mich auch noch sauer ist.
Dieser Gedanke macht mich verrückt.
Die Susi und der Flötzinger …
Bloß nicht!

Ich versuch den Flötzinger zu beobachten.
Ich warte sogar auf seiner Terrasse.
Da bekomme ich wieder geschwollene Augen
wegen der Katzen.
Immer schlimmer wird das.
Als er dann tatsächlich mit jemandem kommt,
seh ich natürlich nichts mehr.
Ich renn dann erst mal heim und spül meine Augen.

Am nächsten Morgen ruft mich
eine Freundin von der Oma an.
Die wohnt gegenüber vom Flötzinger.
Sie schreit ins Telefon, dass der Flötzinger
gerade von einem Riesen-Typen verhauen wird.

Ich fahr also hin und – tatsächlich!
Der Flötzinger fliegt von einer Ecke seines Hofes
in die andere.
Er sieht schon ziemlich schlimm aus.
Ich zieh meine Dienst-Waffe
und schrei den Schläger-Typ an:
„Sofort aufhören! Hier ist die Polizei!"

Der Typ hört dann auch auf.
Aber vorher tritt er dem Flötzinger noch mal
ordentlich in den Bauch.
Jetzt seh ich auch eine fremde Frau
auf der Treppe sitzen.
Ihre Augen sind blau geschlagen und sie weint.
Das ist wohl die neue Freundin vom Flötzinger.
Und die Ehefrau von dem Schläger-Typ.

Ich rufe einen Krankenwagen
für den armen Flötzinger.
Der liegt immer noch auf dem Boden.
Das fremde Ehepaar nehm ich mit ins Büro.

Dort erfahr ich dann, dass die Frau den Flötzinger
bei so einem Geschäfts-Kurs kennengelernt hat.
Und dann haben sich die zwei öfter getroffen.
Auch ganz ohne Kurs.
Der Mann ist seiner Frau heute mal
hinterhergefahren.

Er wollte wissen, warum sie in letzter Zeit
so selten zu Hause war.
Na ja, und da hat er die beiden im Bett erwischt.
Und ist total ausgerastet.

Jetzt liegt der Flötzinger im Krankenhaus
und hat richtig viel Schmerzen.
Selbst schuld!
Wobei, der Schläger-Typ muss natürlich auch
eine Strafe bekommen.
Also schreibe ich einen Bericht.
Dann kann sich der Richter Moratschek
um die Angelegenheit kümmern.

# Der Schluss

Die Unfälle von der Familie Neuhofer waren also
in Wirklichkeit vier Morde.
Der Klaus und die Ferrari haben
schon viele Leute mit ihren Häusern betrogen.
Also die Häuser billig gekauft.
Obwohl sie dann von jemand anderem
viel mehr Geld bekommen haben.
Aber dafür jemanden umbringen –
das hat der Klaus nur bei uns im Dorf gemacht.

Ja, und dann hör ich, dass sich der Klaus
im Gefängnis aufgehängt hat.
Und dass er aufgeschrieben hat,
dass alles seine Schuld war.
Die Ferrari ist nämlich seine Ehefrau.
Und die wollte er vor dem Gefängnis retten.
Deshalb hat er aufgeschrieben,
dass sie von den Betrügereien nichts wusste.
Und von den Morden erst recht nicht.

Die Ferrari muss dann tatsächlich
nicht ins Gefängnis.
Weil sie vor dem Richter wieder
eine Tränen-Show abzieht.
Und wegen dem Brief vom Klaus.
Auch wenn keiner so ganz an ihre Unschuld glaubt.

Als alles vorbei ist, kommt sie im Gerichts-Saal zu mir und fragt mich mit so einer zickigen Stimme:
„Wann kann ich meinen Hund bei euch abholen?"
Nichts mehr mit Geschmuse und Nettsein.
Na ja, das war ja schon länger nichts mehr.

Weil ich so enttäuscht von ihr bin,
tue ich so, als ob mit der Mütze was passiert wär.
Da schreit die Ferrari rum und versucht,
mich zu schlagen.
Natürlich halten meine Polizei-Kollegen sie fest
und bringen sie weg.

Aber es sind eben auch viele Zeitungs-Leute
und Fotografen da.
Und da gibt es am nächsten Tag tolle Fotos
in der Zeitung.
Von der Ferrari, wie sie mich haut.
Und vom Rudi und mir.
Und einen großen Bericht über den Rudi und mich.
Weil wir den Fall gelöst haben.
Jetzt bin ich auf einmal wichtig
und jeder findet mich toll.
Wie ich das mit den Ermittlungen gemacht habe.

Und für den Rudi ist das alles super Werbung
für sein Detektiv-Büro.
Der bekommt jetzt jede Menge Aufträge.

Sogar die Susi ist plötzlich wieder nett zu mir.
Sie glaubt, ich habe mit der Ferrari rumgeschmust,
damit ich Informationen von ihr bekomme.

Der Leopold will natürlich auch
im Mittelpunkt stehen.
Er erzählt uns, dass seine neue Freundin und er
ein Baby bekommen.

Und die Oma winkt schon wieder
mit ihren Angebots-Zetteln rum.

Alles läuft also bestens bei uns hier im Dorf.

Und ich geh mit dem Ludwig spazieren.

# Noch was Leckeres ...

Grüß Gott, hier ist die Oma vom Franz.
Und ich erzähl jetzt,
wie ich die Kartoffel-Knödel mach.

Dazu brauch ich:
600 Gramm rohe Kartoffeln
150 Gramm Semmeln (also Brötchen)
1 Ei
ein wenig Milch
Salz

Die Semmeln schneid ich in feine Scheiben.
Dann gieß ich Milch drüber.
Grad so viel, dass die Semmeln saftig werden.
Die Kartoffeln schäl ich erst
und wasch sie dann sauber.
Dann reib ich die Kartoffeln auf dem Reib-Eisen
in kleine Stücke.
Das wird eine schöne nasse Kartoffel-Matsche.
Ich nehm ein sauberes weißes Tuch
und drück die Matsche fest zusammen.
Damit das Wasser aus der Matsche kommt.
Das viele Wasser brauch ich nämlich nicht
in meinen Knödeln.
Wenn das Wasser aus der Kartoffel-Matsche
gedrückt ist, mach ich weiter.

Ich misch das Ei und das Salz
und die Milch-Semmeln zu den Kartoffeln.
Alles zusammen knete ich zu einem festen Teig.
Im Winter ist der Teig heller als im Sommer.
Weil die Kartoffeln eine andere Farbe haben.

Das war der erste Teil.
Jetzt mach ich Wasser in einem großen Topf heiß.
Mit nassen Händen roll ich
aus dem Kartoffel-Teig die Knödel.
Wenn das Wasser kocht,
leg ich die Knödel vorsichtig rein.
Die Knödel müssen eine halbe Stunde
im heißen Wasser liegen.
Aber da soll das Wasser nicht mehr kochen.

Dazu gibt's einen Schweinsbraten und Rotkraut.

Guten Appetit wünscht die Oma Eberhofer!

## Wörter-Liste

**Seite 7: Beatles**
eine englische Musikgruppe aus den 60er Jahren

**Seite 10: Pädophiler**
Ein erwachsener Mann, der an Sex mit Kindern denkt oder es auch tut. Das ist natürlich verboten und wird mit Gefängnis bestraft.

**Seite 10: untenrum was**
hier: die Geschlechtsteile von einem Mann

**Seite 11: Psychologe**
ein besonderer Arzt. Zu einem Psychologen geht man nicht, weil einem etwas weh tut oder weil man eine Krankheit am Körper hat. Der Psychologe hilft einem, wenn man Schwierigkeiten mit seinen Gefühlen hat. Oder die Welt und die Menschen nicht versteht.

**Seite 15: Kartoffel-Stampf**
bayerisch für: Stampf-Kartoffeln oder Kartoffel-Brei

**Seite 16: Schleimer**
Das ist ein Schimpfwort für jemanden, der sich bei anderen einschmeichelt.

**Seite 19: Verhör**
Bei einem Verhör stellt die Polizei einem Fragen über ein Verbrechen. Meistens findet ein Verhör in einem Extra-Raum bei der Polizei statt.

**Seite 20: Allergie**
Wer eine Allergie hat, dessen Körper reagiert auf bestimmte Sachen sehr heftig.
Die Nase läuft, die Augen schwellen zu, manchmal bekommt man Atem-Not.

**Seite 23: Container**
großer Behälter;
hier: großer Mülleimer aus Stahl für Bauschutt

**Seite 24: Stromschlag**
Ein Stromschlag passiert, wenn man mit Strom in Berührung kommt, zum Beispiel an eine kaputte Leitung fasst.
Das ist sehr gefährlich.
Man bekommt Verbrennungen oder stirbt sogar.

**Seite 25: Blech-Schaden**
ein Auto-Unfall, bei dem nur die Autos beschädigt werden und keine Personen verletzt werden

**Seite 28: Albanien**
Land in Ost-Europa

**Seite 28: Dolmetscher**
jemand, der von einer Sprache in eine andere Sprache übersetzen kann, zum Beispiel vom Albanischen ins Deutsche. Dolmetscher können bei einem Gespräch direkt hin und her übersetzen.

**Seite 31: grantig**
bayerisch für: wütend sein oder schlechte Laune haben

**Seite 36: Schnupf-Tabak**
Tabak, den man in die Nase hochzieht. Dann niest man und die Nase ist wie frisch gereinigt. Nicht zum Rauchen!

**Seite 44: Porno-Heft**
Zeitschrift mit Texten über Sex und mit Fotos von nackten Frauen

**Seite 45: Immobilien-Firma**
eine Firma, die Häuser kauft und verkauft. Ein Haus wird auch „Immobilie" genannt. Das ist ein Fremdwort und bedeutet: etwas, was nicht bewegt werden kann. Aber man sagt das nur zu Häusern.

**Seite 46: nix**
umgangs-sprachlich, bayerisch: nichts

**Seite 49: Wurst-Semmeln**
bayerisch für: Wurst-Brötchen

**Seite 55: Umland**
das Gebiet rund um eine Stadt.
Dazu gehören auch die kleineren Dörfer
um eine große Stadt.

**Seite 61: Sandwiches**
dünne Weißbrotscheiben mit Belag,
amerikanische Variante vom belegten Brötchen

**Seite 65: Kauf-Vertrag**
Das ist ein Papier, auf dem alles über einen Verkauf
von etwas, zum Beispiel von einem Haus, steht.
Also der Preis und wer der Käufer
und der Verkäufer ist.

**Seite 71: Schüler-Lotse**
Ein Schüler-Lotse bringt Schüler sicher über die
Straße. Dafür darf er den Auto-Verkehr anhalten.
Ein Schüler-Lotse muss nicht von der Polizei sein.

**Seite 73: Mallorca**
beliebte spanische Urlaubs-Insel

**Seite 73: joggen**
sportliches Laufen

**Seite 74: Sonder-Angebot**
Bei einem Sonder-Angebot gibt es Dinge zu einem günstigeren Preis zu kaufen als sonst.

**Seite 83: Kumpel**
spezieller Ausdruck für Freund bei einer lockeren Männer-Freundschaft

**Seite 85: auf stur schalten**
sich nicht von etwas abbringen lassen

**Seite 88: ordentlich abkassieren**
einen großen Gewinn machen, viel verdienen

**Seite 92: Geständnis**
wenn jemand, der ein Verbrechen begangen hat, der Polizei die Wahrheit erzählt.
Meistens passiert das bei einem Verhör.

**Seite 93: Schlaumeier**
ein Mensch, der für seine guten und witzigen Ideen bewundert wird

**Seite 95: Thailand**
ein beliebtes Urlaubs-Land in Asien

**Seite 103: Grüß Gott**
bayerischer Gruß zu jeder Tageszeit

**Seite 103: Reib-Eisen**

Eisernes Küchen-Gerät mit spitzen Zacken.
Damit kann man rohes Gemüse oder
rohe Kartoffeln in kleine Stücke reiben.

# Ziemlich beste Freunde

## in Einfacher Sprache

Umfang: 80 Seiten

ISBN: 978-3-9813270-9-0

Philippe ist reich und erfolgreich. Eines Tages verändert ein Unfall sein Leben – für immer. Nun ist er gelähmt, im Rollstuhl, hilflos. Philippe möchte am liebsten nicht mehr leben. Er braucht einen Pfleger, der ihm Tag und Nacht helfen kann.

Abdel hat nichts. Er wohnt im schlechtesten Viertel der Stadt. Ohne Job und ohne Zukunft. Abdel ist pleite und braucht dringend Geld.

Eine Gemeinsamkeit haben beide: sie sind stolz. Sie wollen sich nicht helfen lassen. Aber dann helfen sie sich gegenseitig. Und werden Freunde.

Philippe Pozzo di Borgo erzählt in dem Roman seine eigene Geschichte. Das Buch wurde ein Bestseller, und als Film wurde *Ziemlich beste Freunde* in vielen Ländern ein großer Kino-Hit.
Lesbar für alle.